Le Club des Cinq
en randonnée

Enid Blyton™

*L*e Club des Cinq
en randonnée

Illustrations
Frédéric Rébéna

HACHETTE
Jeunesse

Claude

11 ans.
Leur cousine. Avec son fidèle chien
Dagobert, elle est de toutes
les aventures.
En vrai garçon manqué,
elle est imbattable dans tous
les sports et elle ne pleure
jamais… ou presque !

François

12 ans
L'aîné des enfants,
le plus raisonnable aussi.
Grâce à son redoutable sens
de l'orientation, il peut explorer
n'importe quel souterrain sans jamais se perdre !

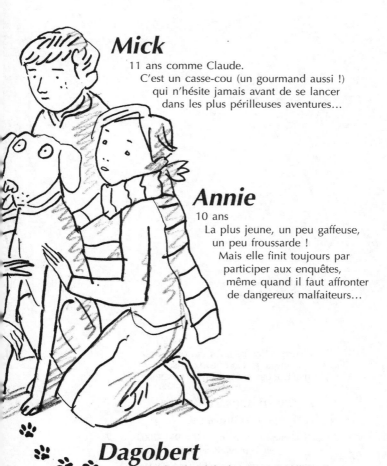

Mick

11 ans comme Claude.
C'est un casse-cou (un gourmand aussi !)
qui n'hésite jamais avant de se lancer
dans les plus périlleuses aventures…

Annie

10 ans
La plus jeune, un peu gaffeuse,
un peu froussarde !
Mais elle finit toujours par
participer aux enquêtes,
même quand il faut affronter
de dangereux malfaiteurs…

Dagobert

Sans lui, le Club des Cinq ne serait rien !
C'est un compagnon hors pair, qui peut monter
la garde et effrayer les bandits.
Mais surtout c'est le plus attachant des chiens…

L'ÉDITION ORIGINALE DE CET OUVRAGE
A PARU EN LANGUE ANGLAISE
CHEZ HODDER & STOUGHTON, LONDRES,
SOUS LE TITRE :

FIVE ON A HIKE TOGETHER

© Enid Blyton Ltd.

© Hachette Livre, 1976, 1988, 1991, 2006
pour la présente édition.

Traduction revue par Rosalind Elland-Goldsmith.

Hachette Livre, 43, quai de Grenelle, 75015 Paris.

 **Une lettre**

— Annie ! appelle Claude, rejoignant sa cousine au moment où celle-ci s'apprête à entrer dans la salle de classe. Il y a une lettre pour toi. Je crois qu'elle est de tes frères : d'après le tampon de la Poste, elle a été envoyée de leur internat.

Annie s'arrête.

— Merci, répond-elle. Mais c'est bizarre : ils m'ont écrit il y a seulement deux jours ! Je me demande ce qu'ils peuvent bien me vouloir...

Annie déchire l'enveloppe. Elle en sort une feuille de papier griffonnée d'une écriture minuscule et, hâtivement, la parcourt du regard. Progressivement, ses yeux s'éclairent d'une lueur joyeuse. Tout à coup, elle se tourne vers sa cousine.

— Claude ! s'écrie-t-elle. C'est génial ! François et Mick ont quatre jours de vacances, de jeudi à lundi ! Ils veulent faire une grande excursion et nous demandent si on peut les accompagner.

— Ça tombe bien ! On sera en congé en même temps qu'eux ! s'exclame la collégienne. Donne-moi la lettre, je voudrais la lire aussi !

Mais au moment de saisir la feuille de papier, un professeur passe dans le couloir.

— Claudine ! Tu devrais être en classe ! Et toi aussi, Annie ! Allez, dépêchez-vous !

Le visage de Claude se renfrogne : elle ne supporte pas qu'on l'appelle par son vrai prénom. Claudine, c'est un nom de fille et elle aurait tellement voulu être un garçon ! Elle tourne les talons sans répondre et monte à contrecœur l'escalier conduisant à sa salle de classe.

Annie, pour sa part, garde le sourire et enfouit soigneusement la lettre dans la poche de son gilet. Puis elle ouvre la porte derrière laquelle son professeur d'histoire s'apprête à commencer son cours. Quatre jours de liberté avec François, Mick, Claude et Dag, le chien ! Le Club des Cinq au complet... Que peut-elle rêver de mieux ?

À l'heure du déjeuner, les deux cousines se retrouvent et reprennent aussitôt leur conversation.

— Tu te rends compte ? s'exclame Claude, surexcitée. On va rejoindre les garçons dès jeudi !

— Oui, mais ce qui m'ennuie, c'est qu'il était prévu qu'on rentre à la maison pour ce long week-end. Tu devais même venir avec nous, parce qu'il y a des travaux chez tes parents. Je ne sais pas ce que Maman et Papa vont penser de l'idée des garçons..., répond Annie, l'air dubitatif.

— À mon avis, François a dû en discuter avec eux avant de nous écrire ! affirme Claude.

— De toute façon, mes frères disent dans leur lettre qu'ils nous téléphoneront ce soir pour mettre au point les derniers détails. On

9

saura s'ils ont déjà demandé la permission de partir faire cette excursion, conclut sa cousine.

— Oh ! j'ai tellement hâte ! s'écrie Claude, enthousiaste. Espérons qu'on aura beau temps ! Ce n'est pas garanti, début novembre... Et Dago ! Qu'est-ce qu'il va être content ! Viens avec moi, je vais le prévenir tout de suite !

À Clairbois, le collège où les deux filles sont internes, il y a un chenil dans lequel les élèves peuvent amener leurs animaux domestiques. Dagobert, l'inséparable compagnon de Claude, passe donc, lui aussi, toute l'année scolaire en pension. Dès que les filles ouvrent la porte du local, le chien se jette sur elles en aboyant joyeusement.

— Grosse bête ! murmure Claude en le caressant affectueusement. Tiens-toi tranquille et écoute-moi : on part en randonnée, ce week-end ! Avec François et Mick ! C'est pas une bonne nouvelle ?

Les oreilles dressées, la tête inclinée de côté, l'animal semble comprendre chacune des paroles de sa jeune maîtresse. Il balance doucement la queue et finit par lâcher un « ouah ! » approbateur.

Le soir venu, François téléphone à sa sœur. Il a déjà tout prévu.

— J'ai parlé du projet aux parents la semaine dernière. Ils trouvent que c'est une bonne idée. Et puis ce n'est pas la première fois qu'on part tout seuls en excursion. Maman s'est même assurée auprès du père et de la mère de Claude qu'ils étaient d'accord pour ce changement de programme.

— Super ! répond Annie, l'oreille collée à l'écouteur. Alors, comment on s'organise ?

Elle écoute son frère développer son plan.

— Pas de problème, conclut-elle. Tu peux compter sur nous. On sera au rendez-vous, avec Dago.

— Alors ? Qu'est-ce qu'il a dit ? demande Claude d'un ton impatient quand sa cousine a raccroché.

Annie répète tout ce que son frère vient de lui expliquer.

— Les garçons nous retrouveront au bourg de Landisiou. Apparemment, c'est au

11

milieu d'une très belle région de landes. Il paraît qu'on y verra beaucoup d'animaux sauvages. Et on dormira dans des petites auberges et des fermes que François a repérées sur une carte.

— Je sens qu'on va bien s'amuser ! s'enthousiasme Claude. Je vais tout de suite commencer à faire mon sac ! Mais pour faire une randonnée, il ne faut pas être trop chargé. Les seules choses qui soient vraiment indispensables, c'est des chaussettes de laine et de grosses chaussures.

Les préparatifs absorbent tout le temps libre des deux cousines. Les sacs à dos sont remplis, vidés et refaits plus de vingt fois !

Le jour du départ, les filles se réveillent très tôt. Avant le petit déjeuner, Claude se rend au chenil et brosse longuement le pelage de son chien : elle veut qu'il se montre sous son plus beau jour devant François et Mick. Dagobert comprend que le moment de quitter la pension est enfin arrivé. Il est presque plus excité que sa maîtresse.

— Descends vite prendre le petit déjeuner ! lance celle-ci en rejoignant sa cousine. Ce serait bête de partir à jeun... Oh ! J'adore ce sentiment de partir à l'aventure ! Qui sait où on dormira ce soir ? Et à quelle heure on dînera ?

Elle dévale l'escalier, sans cesser de parler :

— C'est tellement bon de penser que, pendant quatre jours, il n'y aura plus d'emploi du temps ! Et plus de devoirs ! Mais je ne me sentirai vraiment libre qu'une fois qu'on sera sorties de la pension...

Les deux filles touchent à peine aux tartines disposées sur la table du réfectoire. La joie du départ leur coupe l'appétit. À peine la dernière bouchée avalée, elles enfilent leur veste et chargent leur sac à dos. Après avoir dit au revoir à leurs amies et salué la directrice de l'établissement, elles s'en vont chercher Dagobert.

Il les attend avec impatience et aboie à perdre haleine quand elles s'approchent. En un clin d'œil, il est hors du chenil, bondissant comme un fou !

chapitre 2

Le départ

De leur côté, François et Mick se sont mis en route à peu près à la même heure. Ils sont aussi excités que les filles et leur chien. François a scrupuleusement étudié la carte de la région. C'est une vaste étendue déserte, couverte de landes et de forêts ; quelques fermes et villages isolés s'y éparpillent.

— Je pense qu'il vaudra mieux rester à l'écart des grandes routes, estime-t-il. On profitera beaucoup plus de la nature en arpentant les petits chemins ou les sentiers. Tiens ! Je me demande comment Dago réagira si on rencontre des biches. Il n'en a peut-être jamais vu de sa vie.

— À mon avis, il ne s'intéressera qu'aux lapins ! Tu sais qu'il adore les prendre en chasse. Mais j'espère qu'il aura maigri depuis la rentrée... On lui a fait avaler trop de glaces et trop de chocolat pendant les dernières vacances. Il était devenu gras comme un cochon !

— Ce ne sera pas le cas pendant ce week-end ! assure François. Les filles ont encore moins d'argent de poche que nous ! On ne pourra pas se payer la moindre friandise ! Viens vite, voilà le car !

Ils gagnent en courant la station où vient de s'arrêter un grand bus rouge. C'est celui qui doit les conduire loin de la ville, en direction des fameuses landes désertes. Le véhicule attend pour démarrer que les deux garçons soient montés.

— Ah ! ah ! fait le conducteur. Vous désertez l'école ! Il va falloir que je signale ça à la police !

— Très drôle ! rétorque François, qui a déjà entendu cent fois cette plaisanterie de la part du chauffeur.

Quelques heures plus tard, le car arrive à destination. François et Mick sont heureux de mettre le pied sur cette terre inconnue, point de départ de leur excursion. Sur la place centrale de Landisiou, des canards cancanent en barbotant dans un bassin. Mick jette un coup d'œil circulaire sur les lieux.

— Je ne vois pas les filles, dit-il. Leur train n'a pas encore dû entrer en gare.

Les garçons pénètrent dans un petit café pour se désaltérer en les attendant. Ils ont à peine fini leur jus d'orange, qu'ils voient deux silhouettes gesticuler derrière les vitres. La porte s'ouvre, laissant le passage à Dago suivi des deux filles.

— François ! Mick ! s'écrie la voix joyeuse d'Annie. Vous voilà ! On était sûres de vous trouver en train de manger ou de boire !

— Toujours aussi comique, ma petite sœur, répond François en la serrant dans ses bras.

— Salut, Claude ! dit Mick en s'avançant

17

vers sa cousine. Mais dis-moi... on dirait que tu as grossi !

— Pas du tout ! riposte la jeune fille, indignée. Et Dago n'est pas plus gras que moi ! Épargne-nous tes plaisanteries !

— Mick te taquine, comme toujours ! s'amuse François en donnant une tape amicale à Claude. Et toi, comme d'habitude, tu mords à l'hameçon ! Tiens, salut, Dag ! Bon chien ! La truffe bien humide ! Vous voulez boire quelque chose, les filles ?

— Oui, je meurs de soif ! répond Annie. Assez, Dago ! À te voir on croirait que tu n'as pas vu François et Mick depuis dix ans !

Soudain, Claude se redresse.

— Dites donc, qu'est-ce que c'est que ça ? Regardez !

Elle montre du doigt, derrière le comptoir, une pile d'appétissants sandwichs.

— Ce sont les casse-croûte que j'ai préparés pour mon fils, répond la patronne du café, tout en débouchant une bouteille de limonade. Il va bientôt venir les chercher.

— Est-ce que vous pourriez nous en pré-
parer, à nous aussi ? demande François.

— Bien sûr. À quoi les voulez-vous ?
Fromage ? Œufs ? Jambon ?

— Eh bien... on prendra de tout.

— Parfait ! Combien souhaitez-vous que
j'en prépare ?

— Quatre chacun !

La femme dévisage le petit groupe d'un
air tellement ahuri que Claude croit bon
d'expliquer qu'il leur faut des provisions
pour toute la journée.

— Je vois..., fait-elle en se retirant, mais
son regard se pose longuement sur Annie,
la plus jeune et la plus fluette, comme si
elle cherchait à comprendre comment le
corps d'une si petite fille pourrait contenir,
sans éclater, quatre énormes sandwichs.

Quand la responsable du café revient, ses
bras sont chargés de quatre paquets bien
ficelés et, sur chacun d'eux, un mot écrit au
crayon indique ce qu'il contient.

— Merci. Je suis sûr qu'ils sont délicieux, dit Mick en rangeant soigneusement

19

les sandwichs dans son sac à dos. Vous en préparez tous les jours pour votre fils ?

— Oui. Les repas ne sont pas bien copieux, en prison..., répond la femme.

L'air surpris des enfants attire son attention et elle rectifie en souriant :

— Oh ! Ne vous méprenez pas ! Mon fils est gardien là-bas. Voilà tout.

— Je comprends, déclare François. J'ai vu qu'il y avait une prison importante dans la région... Combien vous doit-on pour les casse-croûte ?

Après avoir réglé, les enfants mettent leurs sacs sur leurs dos et s'apprêtent à partir. Mais la femme les retient un instant :

— Attendez ! dit-elle. J'ai autre chose pour vous.

Elle revient portant un cinquième paquet.

— Il n'y a rien d'écrit sur celui-là, remarque Claude. Qu'est-ce que c'est ?

— Une galette que je viens de faire. J'en ai coupé quatre parts, juste pour que vous y goûtiez.

— Mais le paquet est énorme ! On dirait

que vous avez taillé ces parts pour des ogres !

— J'ai cru comprendre que vous aviez bon appétit, répond la propriétaire du café en souriant. Vous ne me ferez pas croire qu'un morceau de gâteau vous fait peur.

Après de multiples remerciements, les enfants quittent les lieux et prennent la grand-route qui, cent mètres plus loin, s'enfonce déjà dans la campagne déserte.

— Et maintenant, en avant ! s'écrie Mick. C'est ici que commence notre grande randonnée !

chapitre 3

À *travers la lande*

Un soleil encore chaud pour la saison dore les arbres revêtus des couleurs éclatantes de l'automne. Quelques feuilles flottent dans le vent, mais aucune forte gelée n'a encore dégarni le paysage. Dagobert bondit en tête, les quatre enfants le suivent gaiement sur la route, le collège leur semble déjà bien loin.

— Quelle journée splendide ! constate Claude. Je commence à avoir trop chaud, avec mon pull.

— Enlève-le et mets-le sur tes épaules, conseille Annie.

Les enfants portent leur imperméable

23

roulé au sommet de leurs sacs à dos. Les pulls sont attachés au-dessus et, en ce début de promenade, personne ne songe à se plaindre du poids de sa charge.

Ils parlent de la région qu'ils s'apprêtent à traverser : c'est une contrée vallonnée et sauvage, dont les localités portent des noms curieux : Val de Roc perdu, Bois des Ronciers, Colline aux Lapins...

— Colline aux Lapins ! Voilà un coin qui plaira à Dago ! s'écrie Claude, tandis que l'intéressé pointe les oreilles.

— C'est par là qu'on passera d'abord, précise François, les yeux rivés sur la carte. Et plus tard, on devrait rejoindre le Val des Lièvres.

— Ouah ! fait Dagobert joyeusement.

Le soleil tape fort, pour un mois de novembre. Les enfants quittent la route et prennent un sentier très étroit. Les haies qui le bordent deviennent bientôt tellement hautes qu'il leur est impossible de rien voir au-devant d'eux.

— J'ai l'impression de marcher dans un

24

tunnel, constate Mick. Vous croyez qu'on croisera d'autres groupes de randonneurs ?

— Ça m'étonnerait ! répond François. Peut-être qu'il y a quelques touristes en été, mais certainement pas en cette saison ! Tiens, je crois qu'on devrait prendre à droite. D'après la carte, la Colline aux Lapins se trouve dans cette direction.

Ils escaladent un échalier, longent des champs et s'engagent dans un sentier très raide. Tout à coup Dago paraît devenir fou. Non seulement il sent les lapins, mais en plus, il en voit partout, gambadant autour de lui.

— Tu n'as pas souvent rencontré autant de lapins en plein jour, lui lance Claude en riant. Regarde ! Il y en a plein, des gros et des petits !

Quand ils ont atteint le sommet de la colline, ils s'assoient pour souffler. Mais Dagobert, lui, refuse d'en faire autant. La vue et l'odeur du gibier lui montent à la tête. Il s'échappe des mains de Claude et bondit en direction des lapins, qui détalent aussitôt.

— Dago ! hurle Claude.

Mais le chien ne répond pas. Il court dans tous les sens, aboyant de plus en plus fort, tandis que ses petites proies, l'une après l'autre, disparaissent dans leur terrier.

— Inutile de l'appeler, décrète Mick. Il n'en attrapera pas un seul ! Ils sont plus malins que lui. À tous les coups, ils trouvent cette course-poursuite très rigolote !

En effet, les lapins ont l'air de beaucoup s'amuser. À peine Dagobert en a-t-il fait disparaître deux ou trois dans leur trou, que quatre ou cinq paires d'oreilles pointent hors des autres terriers. Les enfants rient à perdre haleine. Lorsqu'ils entreprennent de descendre l'autre versant de la colline, lui-même grouillant de lapins, le chien continue à les pourchasser avec une telle frénésie qu'il en est tout essoufflé.

— Stop, Dago ! lui crie Claude. Sois raisonnable !

Mais comment un chien peut-il être raisonnable parmi tant de gibier ! Les enfants doivent l'abandonner à ses courses folles, freinées par de brusques arrêts à toutes les entrées de terriers où disparaissent les

26

petites proies. C'est alors qu'un jeune lapin, pas plus gros que le poing, va s'enfiler dans un très large terrier où Dago trouve, tout d'abord, moyen de le suivre. Puis, le passage se rétrécit, et Dago a beau s'agiter, foncer, gratter la terre, il lui est impossible d'avancer. Alors il cherche à reculer, mais il n'y parvient pas. Il est pris, comme dans un piège.

Les enfants, s'apercevant que le chien ne les suit plus, reviennent sur leurs pas en l'appelant. Par chance, ils repèrent très vite un terrier suspect, d'où s'échappent des jets de sable, des cailloux et de sourds grondements de colère.

— Il est là ! s'écrie Claude. Quel idiot ! Dag ! Ici, Dag !

Le pauvre Dago voudrait bien obéir à cet ordre, et rejoindre sa maîtresse ! Mais une grosse racine lui écrase le dos, et il est incapable de se dégager. Annie, la plus menue du groupe, parvient à se faufiler dans le trou et saisit le chien par les pattes postérieures. Elle tire, mais un cri de souffrance interrompt son effort.

— Oh ! Annie ! Arrête ! supplie Claude. Tu lui fais mal ! Arrête, lâche-le !

— Je ne peux pas ! répond sa cousine du fond de son trou. Si je le lâche, il va encore s'enfoncer. Extirpez-moi d'ici et Dago suivra, puisque je le tiens par les pattes.

Les deux frères de la fillette la tirent par les pieds pendant qu'elle-même s'accroche aux pattes du chien. Dès que ce dernier est libéré, il va se frotter aux jambes de Claude en grognant plaintivement.

— Il est blessé, murmure la jeune maîtresse, inquiète. J'en suis sûre. Je vois bien qu'il souffre...

Elle passe ses doigts dans l'épais pelage de Dagobert, le palpant doucement, examinant une à une ses pattes. Elle ne perçoit rien et pourtant le chien ne cesse de gémir.

— Tu devrais le laisser tranquille, lui conseille enfin Mick. Il n'y a aucune plaie visible. À mon avis, il a surtout eu très peur.

Mais Claude refuse cette explication. Pas de doute : Dago s'est bel et bien fait mal pendant qu'il était coincé dans le trou. Il faut consulter un vétérinaire.

— Ne sois pas ridicule, Claude, lui dit François. Les vétérinaires, ça ne pousse pas sur les arbres. On n'en trouvera pas ici. Continuons notre balade ; je suis sûr que Dago nous suivra sans problème et qu'il arrêtera de geindre.

Ils reprennent leur route. Claude a l'air morne. Son chien semble avoir perdu tout entrain et, parfois, laisse échapper un petit cri plaintif. La promenade, beaucoup moins gaie qu'au début de la matinée, se poursuit néanmoins pendant près d'une heure, dans un paysage superbe et sauvage.

— On pourrait s'arrêter ici pour déjeuner, propose soudain François. Ce coin s'appelle Bellevue. Parfait pour un repas en plein air ! Regardez, c'est vrai que la vue est splendide !

Mick sort les quatre paquets de sandwichs et Annie les distribue.

— C'est tellement bon ! commente le jeune garçon en engloutissant son casse-croûte. Eh ! Dago ! Un morceau ?

Le chien accepte. Il est devenu très silencieux. C'est justement ce calme inhabituel

29

qui inquiète Claude. Pourtant son protégé avale les morceaux de jambon de bon appétit, et personne, à part sa jeune maîtresse, ne s'inquiète pour lui. Qu'est-il donc arrivé à Dago ? S'il est véritablement blessé, tout le week-end en sera gâché !

chapitre 4

Claude est inquiète

Quand ils ont fini de déjeuner, il reste encore un sandwich et la moitié de la galette. Dagobert aurait été capable d'engloutir le tout, mais François s'y oppose.

— Tu en as eu assez !

Cependant ses yeux ne quittent pas le gâteau et il soupire quand il voit Annie le remballer.

— Prêts ? lance Mick quand tous les sacs à dos sont refermés. Regardez la carte : on va mettre le cap sur Langonnec. C'est un petit village où on pourra s'arrêter boire une bonne limonade. De là, on prendra la route qui nous mènera à l'Étang-Bleu. On devrait y être avant la nuit.

— C'est quoi, l'Étang-Bleu ? demande Annie.

— Le nom de la ferme où on passera la nuit.

— Tu es sûr qu'ils auront de la place pour nous ?

— Certain. Ils ont logé trois de mes copains de l'internat, cet été, dans une grange ; et ils ont même une chambre où pourront s'installer les filles.

— Je préférerais dormir dans la grange, bougonne Claude. Pourquoi est-ce qu'on coucherait dans une chambre ?

— Parce qu'il peut faire froid et que vous n'avez pas de couvertures.

— Eh bien, tant pis ! Je me réchaufferai dans le foin ou dans la paille, mais je refuse de passer la nuit dans un lit !

— Ouh ! Notre cousine s'énerve ! intervient Mick d'un ton amusé. Allons, François, tu sais qu'elle n'a peur de rien ! Elle est plus coriace que tous les garçons que je connais. Ah ! ah ! on dirait que ça te fait rougir, Claude – comme une fille !

Claude ne sait plus si elle doit rire ou se

fâcher. Elle hausse les épaules, secoue ses cheveux coupés à la garçonne et se lève avec emportement. Les autres s'étirent tranquillement. Puis ils chargent leurs sacs et prennent le chemin indiqué par Mick. Dagobert les suit, mais son pas est lent et mal assuré. Claude, les sourcils froncés, ne le quitte pas des yeux.

— Qu'est-ce que tu as, Dago ? demande-t-elle. Regardez-le. Lui qui aime tant gambader, il avance comme une tortue.

Tout le groupe s'arrête pour observer le chien qui progresse lentement vers eux. Il boite légèrement de la patte arrière gauche. Claude s'agenouille et palpe le membre blessé.

— Il doit s'être foulé la patte, dans ce terrier, conclut-elle.

Délicatement, la jeune fille écarte les poils, cherchant une plaie qui expliquerait les plaintes de l'animal.

— On dirait qu'il y a un bleu, ici ! déclare-t-elle enfin, tandis que les autres se penchent pour voir. Annie a dû lui démettre la patte en le tirant hors du trou. Je t'avais bien dit de ne pas le tenir si fort !

— Je ne pouvais pas faire autrement ! réplique sa cousine, vexée du reproche.

— Je ne crois pas que ce soit bien grave, estime François après avoir attentivement examiné la patte du chien. Un muscle froissé peut-être ! Ça ira mieux après une bonne nuit de sommeil.

— Il faut en être sûr ! décide Claude. Puisqu'on doit bientôt arriver dans un village, on pourra demander s'il y a un vétérinaire. Pour une fois, je regrette que Dago soit un aussi gros chien. Il est beaucoup trop lourd pour que je puisse le porter.

— S'il n'arrive pas à marcher sur sa patte endolorie, il se servira des trois autres. Hein, Dag ?

— Ouah ! fait le chien d'un faible jappement.

Toute l'attention qu'on lui porte n'est pas pour lui déplaire. Sa maîtresse lui caresse le crâne, entre les oreilles, et lui prodigue toutes sortes d'encouragements pour le décider à se remettre en route. Il la suit la queue basse. Il paraît souffrir de plus en plus. Il boite tellement que, bientôt, il renonce à utiliser le membre blessé.

Les enfants ont des mines bien piteuses quand ils entrent à Langonnec. Une vieille auberge dénommée *Les Trois Bergers* est la première maison que l'on rencontre en arrivant. Claude s'y précipite aussitôt. Une femme balaie le pas de la porte. La jeune fille lui demande s'il y a un vétérinaire dans les environs.

— Non, répond-elle. Pas avant Plouben, à dix kilomètres d'ici.

Le cœur de Claude se serre. Jamais Dagobert ne sera capable de parcourir une telle distance.

— Est-ce qu'on peut y aller en car ? questionne-t-elle.

— Pas pour Plouben, dit l'aubergiste. Mais si vous voulez faire examiner votre chien, allez au haras de M. Gaston. Il s'y connaît très bien en chevaux et en chiens. Il vous dira ce qu'il faut faire.

— Oh ! merci, s'écrie la maîtresse de

Dagobert dans un grand élan de reconnais-
sance. C'est loin ?

— Dix minutes à pied. Suivez cette côte ;
quand vous serez en haut, vous tournerez à
droite et vous verrez une grande maison.
C'est là, vous ne pouvez pas vous tromper,
il y a des écuries tout autour. Demandez
M. Gaston, il est très gentil et acceptera de
vous recevoir.

Claude s'en retourne vers la petite troupe.

— Il faut aller chez ce M. Gaston, dit-
elle. Si vous voulez, j'irai seule. Comme ça,
vous pourrez partir en éclaireurs à la ferme
où on doit passer la nuit.

— C'est d'accord, approuve François.
Mais je viens avec toi.

— Et moi, ajoute Mick, je vais à l'Étang-
Bleu avec Annie. Mais il fera nuit bientôt
et vous aurez à faire le trajet dans l'obscurité. Vous avez de quoi éclairer le chemin ?

— J'ai ma grosse lampe torche, répond
son frère.

Claude est heureuse de savoir que François l'accompagne et impatiente de

connaître l'avis de M. Gaston. Elle presse tout le monde.

— Bon, eh bien, salut ! À tout à l'heure ! crie-t-elle en entraînant son cousin.

Dago la suit en clopinant, l'air malheureux. Annie et Mick reviennent sur leurs pas et quittent Langonnec.

— En avant pour l'Étang-Bleu ! lance Mick avec autant d'entrain que possible. Il faut qu'on y arrive au plus vite ! Pour ne pas perdre de temps, il vaut mieux qu'on demande notre chemin à la prochaine personne qu'on rencontrera.

C'est facile à dire. Malheureusement, les passants sont rares et les deux enfants n'en rencontrent aucun. Soudain, une petite camionnette surgit dans un virage. Mick interpelle le conducteur qui freine brusquement.

— On est bien sur la route qui conduit à la ferme de l'Étang-Bleu ?

— Euh ! répond l'homme en inclinant la tête.

— Il faut aller tout droit ou prendre les chemins de traverse ?

— Euh ! grogne son interlocuteur avec la même inclination de tête.

« Qu'est-ce qu'il veut dire avec ses euh ? » se demande le jeune garçon. Il élève la voix, comme s'il parlait à un sourd :

— C'est bien par ici ? répète-t-il en indiquant la route de son doigt tendu.

— Euh ! fait encore l'homme qui, du bout de son bras, indique la même direction que l'enfant, puis l'incline ensuite vers la droite.

— Compris ! Il faut tourner à droite. Où ça ?

— Euh ! répond une dernière fois le conducteur qui, l'instant d'après, fait vrombir son moteur si rapidement que la roue du véhicule frôle le pied de Mick.

— Eh bien, pour trouver l'Étang-Bleu avec tous ces euh, on n'est pas sortis de l'auberge ! Viens, Annie ! En route !

chapitre 5

Annie et Mick

La nuit tombe très brusquement. Le soleil à peine couché, de gros nuages noirs montent dans le ciel.

— Il va pleuvoir, constate Mick. Dommage ! Je pensais qu'on profiterait d'une belle soirée...

— Dépêchons-nous, dit Annie. Je ne veux pas être obligée de me réfugier sous ces arbustes.

Ils accélèrent le pas. Un sentier s'amorce sur leur droite, sans doute celui que l'homme à la camionnette leur a indiqué. C'est un chemin creux assez semblable à celui qu'ils ont suivi le matin même. Mais, dans l'ombre, il a plutôt l'air sinistre.

39

— J'espère que c'est bien par là qu'il faut prendre, marmonne Mick. Dès qu'on rencontrera quelqu'un, on se renseignera.

— *Si* on rencontre quelqu'un..., précise Annie, impressionnée par le silence de ce lieu désert.

Ils avancent. Le chemin fait des lacets et, par endroits, devient très boueux.

— Il y a sûrement un ruisseau dans les parages, juge Annie en pataugeant dans des flaques gluantes. L'eau pénètre dans mes chaussures ; le terrain est de plus en plus bourbeux, j'en ai jusqu'aux chevilles. Ça ne sert à rien d'aller plus loin, Mick.

Le jeune garçon scrute l'ombre environnante. Il lui semble voir une petite échelle devant la haie, et il demande à sa sœur de prendre la lampe dans la poche extérieure de son sac. Quand il l'a allumée, les ténèbres se font encore plus denses autour du faible rayon lumineux, mais dans son faisceau apparaît une sorte d'échelle faite de branches entrecroisées.

— C'est bien une échelle, constate Mick. Elle doit conduire à un raccourci vers la ferme. Autant tenter le coup. De toute façon, ça nous mènera forcément quelque part.

Ils franchissent la haie. Devant eux une petite allée traverse un grand champ labouré.

— C'est un raccourci, déclare le jeune garçon. D'ici peu, on apercevra certainement les lumières de la ferme.

— À moins qu'on ne dégringole directement dans l'Étang-Bleu, ajoute Annie, que ses pieds mouillés rendent pessimiste.

Elle sent les premières gouttes de pluie ruisseler sur son visage. Quand les deux enfants ont dépassé le champ, l'averse tombe beaucoup plus fort. La fillette se décide à mettre son imperméable. Tous deux s'arrêtent sous un arbre et enfilent leurs capuches.

Une nouvelle haie franchie les conduit dans un autre champ, au bout duquel ils se trouvent face à une barrière soigneusement fermée. Ils l'escaladent. De l'autre côté, on n'aperçoit pas le moindre sentier, pas la moindre lumière, et la nuit, sombre et pluvieuse, se fait de plus en plus hostile. Mick balaie l'horizon du faisceau de sa lampe de poche.

— On dirait bien qu'il n'y a pas d'habitation par ici, et pourtant je n'ai aucune envie de revenir sur mes pas jusqu'à ce chemin plein de boue.

— Moi non plus, renchérit Annie avec un frisson. Cherchons plus loin : on va bien finir par découvrir quelque chose.

Perplexes, ils hésitent sur la décision à prendre, tendant l'oreille à la recherche du moindre son qui pourrait les guider. Et c'est alors que, dans la noirceur de la nuit, s'élève un bruit nouveau, tellement inattendu que tous deux sursautent. Qui aurait pu penser que, dans cette campagne déserte et ténébreuse, des cloches allaient, soudain, se mettre à retentir ? Annie se cramponne au bras de son frère.

— Qu'est-ce que c'est ? Ce n'est pas normal que le carillon sonne à cette heure-ci ! Et où est-il ? murmure-t-elle à voix basse.

Mick n'en a pas la moindre idée. Il est aussi surpris que sa sœur. Les cloches doivent être lointaines, mais de brusques rafales de vent les font paraître soudain très proches.

— Oh ! Je voudrais qu'elles s'arrêtent, gémit Annie. Elles ont un son lugubre, tu ne trouves pas ? Elles me font peur...

— Je me demande ce qu'elles peuvent signifier. C'est peut-être un signal d'alarme. Mais de quoi ? S'il y avait le feu quelque part, on le verrait.

— Elles ont un son étrange, à la fois proche et lointain..., commente Annie d'une voix angoissée. Ce sont peut-être des cloches fantômes...

— Tu dis n'importe quoi ! réplique Mick d'une voix qu'il s'efforce de rendre enjouée.

Mais, en fait, il ressent la même angoisse que sa sœur. Tout à coup, aussi brusquement qu'il a commencé, l'insolite tintement s'arrête et un silence oppressant lui succède.

— Ouf ! C'est fini ! Enfin ! s'exclame Annie avec un soupir de soulagement. Je voudrais bien savoir ce qu'elles annonçaient ! Il faut vite atteindre cette ferme et se mettre à l'abri, Mick. Je ne veux plus entendre sonner ces cloches dans le noir et sous cette pluie !

— Viens ! On va longer cette haie, décide son frère.

Il saisit la fillette par la main et l'entraîne nerveusement à sa suite. Leurs efforts sont récompensés. Quelques minutes plus tard, ils sentent leurs pieds se poser sur un sol dur et lisse : c'est un chemin, un vrai chemin qu'ils suivent quelque temps le cœur battant. Et tout à coup, sur leur droite, une lumière attire leurs regards : une maison, enfin !

— La voilà, la ferme ! s'écrie Mick soulagé. Vite, Annie ! On est presque arrivés.

Ils poussent une grille aux barreaux tordus. Celle-ci s'ouvre en grinçant. Arrivés devant la porte, ils ne peuvent s'empêcher de regarder par la fenêtre aux volets ouverts. Ils aperçoivent une lampe posée sur une table, et, juste à côté, une vieille femme qui semble repriser un vêtement, la tête penchée sur son ouvrage.

Mick cherche la sonnette. Il n'y en a pas. Alors il frappe du doigt contre le battant.

Personne ne répond. Par la fenêtre, il regarde la femme : elle n'a pas bougé. « Elle est peut-être sourde », pense-t-il, et il cogne de nouveau, très fort cette fois. Mais il n'obtient pas plus de réponse.

— On ne va jamais réussir à entrer, s'exclame Mick, impatient.

Il tourne la poignée de la porte. À son grand étonnement, cette dernière s'ouvre sans effort. L'occupante des lieux ne relève même pas la tête.

— Entrons. On ira se présenter, souffle Annie, tout aussi pressée que son frère de se mettre enfin à l'abri.

Dans la toute petite entrée où ils se trouvent, une porte entrebâillée, sur la droite, laisse passer un filet de lumière. Mick la pousse d'un geste résolu et pénètre dans la pièce, suivi par sa sœur. La femme, les yeux rivés à son ouvrage, n'interrompt pas son travail. Son aiguille brillante traverse le tissu avec une surprenante rapidité. C'est la seule chose qui semble vivante dans la pièce.

Les enfants s'avancent sans que la vieille

femme les remarque, mais, quand ils sont tout près d'elle, elle sursaute et se lève si brusquement que sa chaise tombe à la renverse avec un bruit terrible.

— Excusez-moi, dit Mick, très gêné d'avoir causé une telle émotion à la pauvre femme. Nous avons frappé, mais vous n'avez pas entendu.

Elle le regarde fixement, la main crispée sur la poitrine.

— Oh ! vous m'avez fait peur ! s'écrie-t-elle. D'où venez-vous ? Que faites-vous dehors par un temps pareil ?

Le jeune garçon ramasse la chaise et la vieille s'y rassied, encore toute tremblante.

— On cherchait cette ferme, explique-t-il. C'est bien l'Étang-Bleu, n'est-ce pas ? Nous aimerions y passer la nuit avec deux de nos amis.

La femme désigne ses oreilles et secoue la tête.

— Je suis sourde, dit-elle. Inutile de me parler. Vous vous êtes égarés, sans doute ?

Mick fait signe que non.

— Vous ne pouvez pas rester ici, reprend

46

ment pliée. Dans un coin, il y a une bouteille d'eau. Puis la fillette aperçoit une petite lucarne. Elle l'ouvre, attend un instant et crie :

— Mick ! Mick ! Tu es là ?

— Oui ! répond la voix de son frère. Comment ça va ? Tu penses pouvoir dormir là-haut ?

— Ça ira ! Et toi, comment tu vas faire ?

— Tu vois ces bâtiments devant toi ? Je passerai la nuit dans l'un d'eux et, si tu as besoin de quelque chose, appelle-moi !

chapitre 6

Une nuit mouvementée

— Je ne serai pas mal, reprend Annie. Il y a un matelas plutôt propre et une couverture. Ça ira. Mais comment on fera quand les autres arriveront, Mick ? Je crois qu'il faudra qu'ils dorment avec toi. Cette vieille femme ne laissera plus entrer personne.

— Je vais les attendre et on se débrouillera. Mange le reste de tes sandwichs et du gâteau. Essaie de te sécher et de t'installer le moins mal possible. Ne t'inquiète pas pour nous et appelle-moi s'il y a le moindre problème.

Annie referme la lucarne. Elle est fatiguée et trempée, elle a faim et soif. Elle mange toutes ses provisions et boit quelques gorgées d'eau à la bouteille. Puis, s'enroulant dans la couverture, elle s'allonge sur le matelas, bien décidée à guetter l'arrivée des autres. Mais le sommeil est plus fort que ses résolutions. Elle s'endort sans même s'en apercevoir.

Pendant ce temps, Mick rôde autour des bâtiments. Redoutant de se heurter au fils de la vieille fermière, il se déplace avec la plus grande prudence, heureux pour une fois que la nuit soit si noire. Des bottes de paille placées devant l'entrée d'une grange l'incitent à pénétrer dans cet abri et, prudemment, il inspecte les lieux à la lueur à demi voilée de sa lampe électrique.

« Voilà exactement ce qu'il me faut, se dit-il. Je serai au chaud dans ce foin. J'ai tellement sommeil ! Mais il ne faut pas que je me couche tout de suite. François et Claude ne tarderont certainement pas à arriver. Je me demande ce que le vétérinaire leur aura dit au sujet de Dagobert. Je voudrais bien qu'ils soient là, tous les trois ! »

Pensant que son frère et sa cousine viendront par le même chemin que lui, il se rapproche de la grille et s'installe du mieux qu'il peut sous un petit auvent qui l'abrite de la pluie. Pour meubler son attente, il entreprend de se restaurer et mange de bon appétit ses derniers sandwichs. Quand il a fini, il se sent mieux, mais il a toujours les pieds mouillés et de plus en plus sommeil. Il bâille.

Depuis son poste, il voit la fermière, qui coud toujours, à la lumière de sa lampe, indifférente, semble-t-il, au temps qui passe. Enfin, deux heures plus tard environ, elle se lève et range son ouvrage. Elle disparaît dans la pièce, ou du champ de vision de Mick. Mais la lampe reste allumée, seul point lumineux dans la nuit noire.

Sur la pointe des pieds, il s'avance jusqu'à la maison. Il ne pleut plus et le ciel commence à se dégager. Quelques étoiles se montrent et Mick retrouve le moral. Il jette un coup d'œil dans la pièce. La femme est couchée sur le canapé, une couverture remontée jusqu'au menton. Elle semble dormir. Mick retourne sous son auvent, mais il commence à se dire que François et Claude ont dû s'égarer. À moins que, voyant l'heure et le mauvais temps, ils n'aient décidé de passer la nuit au village.

Pour la centième fois de la soirée, Mick bâille, puis décide qu'il a trop sommeil pour prolonger la veillée. « De toute façon, se dit-il, s'ils arrivent, je les entendrai. »

Utilisant sa lampe électrique avec les plus grandes précautions, il retourne vers son abri. Il repousse la porte derrière lui et la ferme sommairement de l'intérieur en calant un bâton entre deux clous. Il ne sait pas trop pourquoi il prend cette précaution. Sans doute, inconsciemment, cherche-t-il à se protéger du terrible fils de la fermière... Il s'allonge sur la paille et s'endort immédiatement.

Mick dort profondément. Bien au chaud dans la paille, il rêve de Claude et de Dagobert, mais aussi des cloches. Surtout des cloches. Il s'éveille en sursaut et se redresse, se demandant où il se trouve, et pour quelle raison on l'a enfoui dans cette matière piquante. Puis la mémoire lui revient. Il s'apprête à se rendormir lorsqu'il perçoit un bruit.

C'est une sorte de grattement léger contre le mur en planches de la grange. Des rats peut-être ? Mick frissonne. Il écoute plus attentivement. Le frottement semble venir de l'extérieur et non de l'intérieur de la bâtisse. Puis il cesse. Après un moment de silence, il reprend, non plus cette fois contre la cloison, mais bien contre la vitre d'une fenêtre aux carreaux cassés. Cela devient inquiétant. Retenant son souffle, l'oreille tendue, le garçon se concentre. Alors il entend une voix, une sorte de murmure rauque :

— Mick ! Mick !

Mick n'y comprend plus rien. Cela ne peut être François. Comment aurait-il pu deviner que son frère s'était caché dans ce bâtiment ?

De nouveau, quelques petits coups retentissent sur le carreau et la voix reprend, un peu plus fort :

— Mick ! Je sais que tu es là ! Je t'ai vu entrer. Approche-toi de la fenêtre, là. Vite !

Le jeune garçon ne reconnaît pas la voix. Ce n'est pas celle de François – encore moins celle de Claude ou d'Annie. Alors qui est cet inconnu qui l'appelle par son nom ? C'est incompréhensible ! Mick ne sait plus que faire. Anxieux et désemparé, il se dit qu'il doit rêver. Une chose est sûre, il n'a aucune envie de se retrouver nez à nez dans la grange obscure avec cette personne.

— Viens vite ! poursuit la voix. Je n'ai pas de temps à perdre ! J'ai un message pour toi.

Mick se glisse silencieusement sous la fenêtre et, d'une voix qu'il s'efforce de rendre rude :

— Je suis ici ! répond-il.

— Tu en as mis du temps à venir ! grogne celui qui se tenait au-dehors.

Mick entrevoit la tête de son interlocuteur : une tache sombre sur le ciel. Pas un cheveu ne dépasse de son crâne, rond comme un boulet. C'est un homme d'une quarantaine d'années. Il est chauve ou tondu

56

de près. Seul son regard luit dans son visage baigné d'ombre. Mick s'aplatit encore davantage dans la paille. Heureusement que l'obscurité de la grange le rend lui-même invisible.

— Voici le message de Hortillon, reprend la voix. Écoute bien : Deux-Chênes. Les Eaux-Dormantes. La Belle-Berthe. Il m'a chargé aussi de te dire que Martine est au courant et il t'envoie ceci ; Martine a le même.

Une boulette de papier vole à travers le carreau cassé. Mick, ahuri, la ramasse. Que signifie toute cette histoire ? La voix s'élève de nouveau, rapide et pressante.

— Tu as bien entendu, Mick ? Deux-Chênes. Eaux-Dormantes. Belle-Berthe. Et Martine sait tout. Maintenant, je m'en vais.

Un pas étouffé longe la grange, une branche craque et le silence retombe. De plus en plus dérouté, Mick s'assied et réfléchit. Qui peut bien être cet individu qui l'appelle par son nom au milieu de la nuit. Et qu'est-ce que ce message incompréhensible ?

Le jeune garçon est parfaitement réveillé à présent. Il se lève et scrute l'horizon par la fenêtre. Il ne voit rien que la maison solitaire et le ciel noir. Il retourne s'asseoir et, allumant sa lampe, déplie le papier qu'il a ramassé. C'est une feuille de cahier déchirée, où quelques traits de crayon s'entrecroisent, formant un mystérieux schéma. Mick repère bien quatre mots, écrits ici et là, mais ceux-ci n'élucident en rien le message.

« Je suis certainement en train de dormir. Tout ceci n'est qu'un rêve », se dit-il en glissant le papier dans sa poche. Puis il retourne s'enfouir au plus profond du trou qu'il s'est creusé dans la paille.

Il somnole à moitié lorsqu'un nouveau bruit le tire de sa torpeur. Quelqu'un s'approche de la grange à pas lents et étouffés. Est-ce le chauve qui revient ? Cette fois, l'arrivant tente d'entrer dans la grange, mais le bâton placé par Mick empêche la porte de s'ouvrir. Une secousse brutale fait tomber le bâton et la porte s'entrebâille.

Une silhouette sombre, celle d'un

homme, se glisse à l'intérieur. Mick l'a à peine aperçue, mais la masse de cheveux hirsutes qui couronne sa tête suffit à lui prouver que cette personne n'est pas la même que celle de la fenêtre. Le cœur battant, le jeune garçon se tient immobile, aux aguets, sous la paille, souhaitant de tout son cœur que le nouveau visiteur ne se dirige pas dans sa direction. Heureusement, l'arrivant s'assied sur un sac et attend, grommelant à voix basse. Mick parvient à saisir quelques-unes de ses paroles.

— Qu'est-ce qu'il lui est arrivé ? Il va me faire attendre longtemps ?

Le reste se perd dans un murmure indistinct proféré sur un ton de mauvaise humeur. Puis l'homme se lève, se dirige vers la porte, regarde au-dehors, revient s'asseoir au milieu de la grange.

— Attendre ! Attendre ! Je ne fais que ça, se plaint-il encore.

Puis il se tait. Pendant ce long silence, Mick sent ses paupières s'appesantir. Peu à peu, il part dans un véritable rêve : il se voit traversant un pays étrange où, dans les

59

chênes dressés deux par deux, des cloches sonnent à toute volée. Le garçon dort d'un sommeil de plomb, toute la nuit. Les premières lueurs du jour l'éveillent brusquement. Il se redresse, regarde autour de lui. Il est seul.

Enfin le matin

Mick se lève et s'étire. Il se sent sale et mal réveillé. Il a aussi très faim. Il se demande si la vieille femme accepterait de lui donner un peu de pain et un verre de lait. « Annie doit être affamée, elle aussi, se dit-il. Comment s'est donc passée sa nuit... ? » Prudemment, il sort de la grange et lève la tête vers la lucarne où sa sœur lui est apparue la veille. Elle est déjà là, derrière la vitre, guettant son arrivée.

— Comment ça va ? questionne Mick en évitant de crier trop fort.

Elle ouvre la petite ouverture et sourit à son frère.

— Bien ! répond-elle. Mais je n'ose pas descendre... Le fils de la fermière est en bas. Je l'entends parler de temps en temps, et sa voix n'a rien de rassurant. Je comprends qu'elle ait si peur de lui.

— J'attendrai qu'il soit sorti pour parler à sa mère, décide Mick. Elle pourra peut-être nous donner de quoi petit déjeuner.

— J'espère ! J'ai très faim et il ne me reste plus une miette de galette. Tu veux que j'attende ici que tu m'appelles ?

Mick acquiesce d'un signe de tête et disparaît. Il vient d'entendre claquer une porte. Des pas s'approchent. Un homme paraît. Il est petit, trapu, les épaules voûtées au point d'être presque bossu. Sa tête se couvre d'une tignasse hirsute. C'est la personne que Mick a vue dans la grange, le second de ses visiteurs nocturnes ! Il grommelle des propos incompréhensibles et semble de plus mauvaise humeur encore que pendant la nuit. Le jeune garçon se coule dans la grange et s'y cache.

Mais l'individu n'y pénètre pas. Il se contente d'en longer le mur. Mick écoute

décroître le bruit de ses pas, puis il entend ouvrir et refermer violemment une grille.

« C'est le moment ! » se dit-il et, rapidement, il quitte son abri et se dirige vers la petite maison. En plein jour, celle-ci a l'air vétuste et décrépie. On l'aurait volontiers prise pour une maison abandonnée. Mick sait qu'il est inutile de frapper. Il entre d'un pas déterminé et trouve la vieille femme occupée à laver quelques assiettes. En apercevant le jeune garçon, elle reprend le même air d'affolement que la veille.

— Je t'avais complètement oublié, explique-t-elle. Et la petite fille aussi, d'ailleurs. Fais-la descendre, avant que mon fils ne revienne. Et allez-vous-en vite tous les deux !

— Pouvez-vous nous donner un peu de pain ? hurle Mick.

Cependant la vieille femme ne comprend rien de ce qu'il dit. Elle ne répond qu'en le repoussant vers la porte et en secouant un torchon mouillé dans sa direction. Le garçon s'esquive et lui indique un morceau de baguette sur la table.

— Non ! Non ! Je t'ai dit de partir. Du balai ! crie la vieille, visiblement terrorisée à l'idée de voir surgir son fils. Et emmène la gamine, vite !

Mais, avant que Mick ait pu gagner l'escalier, un pas retentit dans la cour et l'homme aux cheveux broussailleux pénètre dans la pièce. Il est déjà de retour, tenant en main les œufs qu'il est allé chercher, au poulailler sans doute. Il traverse la cuisine et dévisage Mick.

— Qu'est-ce que c'est que ça ? hurle-t-il. Va-t'en !

Le jeune garçon juge prudent de ne pas révéler qu'il a passé la nuit dans la grange.

— Je voulais savoir si votre mère pouvait nous donner... ou même nous vendre du pain ? murmure-t-il d'une voix qu'il s'efforce de rendre ferme.

Quelle erreur ne vient-il pas de commettre ! Il a dit « nous » ! Le fils de la fermière va immédiatement comprendre qu'il n'est pas seul !

— Nous ? s'énerve en effet celui-ci, jetant un regard circulaire dans la pièce.

Comment ça, *nous* ? Qu'il se montre, ton copain, et je vous dirai ce que je pense des gamins qui viennent me chiper mes œufs !

— Je vais aller le chercher, répond Mick, saisissant cette occasion de s'échapper et il court jusqu'à la porte.

D'un bond, l'individu s'élance à sa suite. Il est sur le point de rattraper sa proie, mais Mick est plus vif que lui. Le jeune garçon saute les marches, fonce à travers la cour et, le cœur battant, se dissimule derrière un appentis. Impossible de partir en laissant Annie derrière lui.

L'homme s'est arrêté sur le pas de la porte. Il continue de hurler, mais il ne cherche pas à prendre l'enfant en chasse. Il finit par rentrer dans la maison et en ressort presque aussitôt, portant un seau de grain. De toute évidence, il va donner à manger à ses poules. Il faut en profiter pour faire évader Annie.

Quand Mick entend le bruit de la grille se refermant au loin, il quitte sa cachette et contourne rapidement la maison. Il aperçoit, derrière la petite lucarne, le visage d'Annie

65

terrifié. Elle a entendu les rugissements du fils de la fermière.

— Annie ! crie Mick. Descends tout de suite. Il est parti. Dépêche-toi !

La fillette ramasse aussitôt son sac à dos, bondit à la porte, dégringole l'escalier et s'enfuit de la cuisine à toute allure. La vieille femme, en l'apercevant, la poursuit à coups de torchon, en poussant des cris.

Pendant ce temps, Mick, entré lui aussi dans la cuisine, attrape sa sœur par le bras et l'entraîne jusqu'au chemin, au-delà de la grille par laquelle ils sont arrivés la veille. Annie tremble de peur.

— Oh ! Mick ! Quel affreux bonhomme ! s'exclame-t-elle, s'appuyant contre un tronc, autant pour se cacher que pour retrouver son souffle. Et quelle horrible maison ! D'ailleurs, ça n'a rien d'une ferme ! Il n'y a ni vache ni cochon, pas même un chien !

— Tu sais, Annie, plus j'y pense, plus je suis persuadé qu'on s'est trompés de route. Ce n'est pas la ferme de l'Étang-Bleu, et c'est pour ça que François et Claude ne nous ont pas rejoints.

— Tu crois ? Alors ils doivent se demander ce qui nous est arrivé.

— C'est probable. Il faut les retrouver au plus vite. On va retourner à Langonnec.

À cet instant, un jeune garçon passe sur le chemin en sifflotant et s'arrête, surpris de découvrir, à cette heure matinale, deux inconnus de son âge au bord du ruisseau.

— Hello ! dit-il. On se balade ?

— Oui ! répond Mick. Est-ce que tu sais si cette maison que l'on voit là-bas est bien la ferme de l'Étang-Bleu ?

Il montre du doigt le toit de l'inquiétante demeure où ils ont passé la nuit. Le garçon se met à rire.

— Ce n'est pas une ferme, s'esclaffe-t-il. C'est la maison des Tagard. Une étrange baraque. N'y allez pas. De toute façon, le fils vous mettra à la porte. Dans le coin, on l'appelle Mick-qui-pique. Ce type est une vraie terreur ! La ferme de l'Étang-Bleu est de l'autre côté du village, dans ce vallon. Si vous voulez vous y rendre, prenez le petit chemin à gauche, tout de suite après *L'Au-*

berge des Trois-Bergers. Vous ne pouvez pas vous tromper.

— Merci ! lance Mick.

Les deux enfants atteignent enfin le village de Langonnec et retrouvent sans peine l'enseigne de bois sculpté où trois bergers, houlettes en main, observent la route d'un œil morne.

— Mick, murmure Annie. Je commence à avoir vraiment très faim... Tu crois qu'on pourrait s'arrêter là et commander quelques tartines et un bol de chocolat chaud ?

— Oui, moi aussi j'aimerais manger un morceau. Mais il faut d'abord téléphoner, répond son frère avec fermeté.

Cependant, alors qu'il s'apprête à gravir le perron de l'auberge, il s'arrête net.

— Mick ! Annie ! crie une voix sonore derrière lui. Les voilà ! Mick ! Mick !

C'est la voix de François ! Le voilà qui apparaît sur la place centrale, accompagné de Claude et Dagobert qui dévalent la rue à toute allure. Le chien arrive le premier : il ne boite plus ! Il saute sur Mick et Annie, aboyant comme un fou et léchant toutes les surfaces de leurs corps que ne recouvrent pas leurs vêtements.

— Oh ! Je suis tellement contente de vous revoir, s'exclame Annie, d'une voix un peu tremblante. On s'est perdus la nuit dernière... On va vous raconter. Mais d'abord, est-ce que Dago a pu être soigné ?

— Oui, affirme sa cousine. M. Gaston s'est bien occupé de lui. Tu vois, il gambade comme avant !

— Vous avez faim ? l'interrompt François. Claude et moi, on n'a encore rien mangé ! On était tellement inquiets de votre disparition qu'on se préparait à alerter la police. Entrons dans *L'Auberge des Trois Bergers*, et vous nous raconterez ce qui vous est arrivé autour d'un bon petit déjeuner !

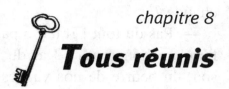

chapitre 8
Tous réunis

François attrape sa sœur par le bras et le serre.

— Ça va, Annie ? demande-t-il, inquiet de la voir si pâle.

La fillette hoche la tête. Maintenant que le Club des Cinq est réuni, elle se sent tout à fait rassurée.

— Je suis seulement affamée, répond-elle.

— Eh bien, je vais nous commander un petit déjeuner du tonnerre ! promet François.

L'aubergiste s'avance vers eux, le sourire aux lèvres.

— Bonjour, madame, commence Claude.

71

Est-ce qu'il est trop tard pour vous demander quelques tartines et une boisson chaude ?

— Pas du tout ! Il n'y a pas d'heure pour faire un bon repas ! J'ai du pain fait maison, du beurre de nos vaches et du miel de nos abeilles. Je peux aussi vous servir du chocolat au lait bien mousseux...

— Ce sera parfait ! répond Claude, regardant la femme comme si elle était une fée bienfaisante.

La petite troupe pénètre dans une salle à manger très accueillante et s'installe autour d'une table. Une bonne odeur de pain grillé flotte dans l'air.

— D'abord, racontez-nous comment s'est passée l'expédition chez M. Gaston, dit Mick en caressant le chien.

— Eh bien, il n'était pas là quand on est arrivés, explique François. Mais sa femme nous a dit de l'attendre et qu'il saurait guérir Dago. Alors on a attendu et attendu...

— Jusqu'à sept heures et demie, intervient Claude. On était de plus en plus gênés

72

de rester plantés là... Enfin, M. Gaston est rentré chez lui.

— Il est vraiment sympa, continue son cousin. Il a examiné la patte de Dago, puis il a fait quelque chose, je ne sais pas quoi, il l'a remise en place, je pense. Dag a poussé un hurlement et Claude s'est précipitée sur lui. Ça a bien fait rire M. Gaston.

— N'empêche qu'il a été très brutal, l'interrompt Claude. Mais il savait ce qu'il faisait, et, maintenant, la patte blessée n'est plus qu'un mauvais souvenir.

— Tant mieux, affirme Annie. J'ai pensé à ce pauvre Dagobert toute la nuit.

Elle administre de petites tapes affectueuses au chien et il lui lèche la main de sa langue humide.

— Et qu'est-ce que vous avez fait ensuite ? demande Mick.

— M. Gaston a insisté pour qu'on reste dîner, répond son frère. Et, comme on avait terriblement faim, on a accepté. On s'est régalés. Dagobert aussi ! Il avait le ventre tellement bombé qu'on aurait dit qu'il allait exploser !

— Même pas vrai ! l'interrompt Claude, qui ne supporte pas qu'on se moque de son chien.

Et pour détourner la conversation, elle reprend la suite du récit.

— Quand on est partis, il était plus de neuf heures. On ne se tracassait pas pour vous : on pensait que vous nous attendiez tranquillement à l'Étang-Bleu. C'est seulement quand on y est arrivés et qu'on nous a dit que vous n'étiez pas là, qu'on a commencé à s'inquiéter.

— Et puis on a cru que vous aviez trouvé un autre abri pour la nuit, poursuit François. Mais, sans nouvelles de vous ce matin, ça nous a paru grave ; c'est pourquoi on allait signaler votre disparition à la police.

— On est partis sans déjeuner, continue Claude. Ce qui prouve combien on était inquiets...

Une serveuse entre, portant un large plateau couvert de vaisselle et de pots fumants. Les quatre enfants n'en reviennent pas. Tout a l'air délicieux. Le temps que les premières tartines soient dévorées, plus un mot n'est échangé ; enfin François, servant une seconde ration de chocolat au lait, fait remarquer à son frère et à sa sœur :

— Vous ne nous avez pas encore dit ce qui vous était arrivé cette nuit. Pourquoi est-ce que vous ne nous avez pas retrouvés à l'Étang-Bleu ? Ce n'est pas très sympa de nous avoir posé un lapin...

— Comment ça, un lapin ? répond Mick, indigné. Si tu veux tout savoir, on s'est perdus. Et, quand on est enfin arrivés quelque part, on était persuadés d'être au lieu du rendez-vous.

— Mais vous auriez quand même pu vous renseigner !

— Nous renseigner auprès de qui ? réagit Annie. Il n'y avait qu'une vieille femme sourde comme un pot, qui ne comprenait rien à nos questions.

— Et je te signale qu'Annie et moi avons passé une nuit épouvantable, insiste Mick, passablement vexé par le dédain de son frère. Elle, dans une affreuse mansarde et moi, dans une grange où j'ai été témoin de choses tellement bizarres que j'en suis encore à me demander si je ne les ai pas rêvées.

— Quelles choses ? demande François, sur un tout autre ton.

— Je ne sais pas encore si ça vaut la peine que j'en parle.

Claude repose sur la table la tartine qu'elle s'apprête à engloutir.

— Eh bien, dit-elle. Votre nuit paraît avoir été plutôt mouvementée. Racontez-nous tout ça dans l'ordre, pour qu'on y comprenne quelque chose.

— Alors voilà, commence sa cousine. Il pleuvait et il faisait noir. On ne savait plus où aller, et j'avais peur. Mais le plus effrayant c'est quand les cloches se sont mises à retentir ! Vous les avez entendues ? Elles faisaient un bruit terrible, hallucinant !

— C'étaient les cloches de la prison, précise François. La femme de M. Gaston nous l'a expliqué. Elles sonnaient pour avertir tous les gens de la région qu'un prisonnier s'était échappé. C'est un signal d'alerte pour dire : « Prenez garde ! Un malfaiteur rôde ! Soyez prudents. »

La fillette regarde son frère avec des yeux pleins d'effroi.

— Heureusement que je ne savais pas ça, remarque-t-elle. J'aurais eu encore plus peur toute seule dans mon grenier ! Est-ce qu'on a rattrapé ce détenu ?

— Je ne sais pas, répond François.

Comme la serveuse rentre à ce moment dans la salle à manger, les enfants lui posent la question. Elle secoue la tête.

— Non, dit-elle. Il court toujours, mais plus pour longtemps. Les routes sont gardées et tout le monde est averti. C'est un cambrioleur qui compte à son actif plusieurs vols importants. Un homme dangereux...

— Est-ce que c'est bien prudent de continuer notre randonnée dans la lande lorsqu'un bandit s'y promène ? demande Annie, inquiète.

— On a Dagobert, rappelle François. Il nous protégera.

— Ouah ! approuve le chien, battant le plancher de sa queue.

Avant de partir, les enfants achètent quelques provisions à l'aubergiste. Au bas

77

de la grand-rue, ils prennent un petit sentier en zigzag, qui les conduit dans une vallée où coule un ruisseau rapide, qu'on entend de loin clapoter sur les cailloux.

— Ce cours d'eau rejoint un peu plus loin le chemin qu'on doit prendre, indique Claude en scrutant la carte. Il suffit de le longer. Mais il n'y a pas de sentier... la marche sera peut-être difficile.

La petite troupe s'engage à travers champs dans la direction du ruisseau. Quand ils atteignent ses rives ombragées, François se tourne vers son frère :

— Et maintenant, Mick, si tu nous racontais ce qui t'est arrivé la nuit dernière ?

— D'accord, répond le jeune garçon. Alors voici l'histoire...

chapitre 9

Le récit de Mick

Les quatre cousins s'aperçoivent vite que le chemin est tellement raboteux qu'ils ne peuvent pas marcher à la même allure. Aussi, ils ne parviennent pas tous à entendre l'histoire de Mick. Quand celle-ci commence à devenir réellement surprenante, François arrête la petite bande et, indiquant du doigt un tapis de bruyère :

— Asseyons-nous, ici. On sera mieux pour écouter. Et personne ne pourra s'approcher sans qu'on s'en aperçoive.

Ils s'asseyent et Mick reprend son récit. Quand il en arrive au moment où, dans la grange, il a cru entendre des rats grignoter

79

les planches du mur, les trois autres enfants sont pris d'un fou rire, ponctué par les aboiements de Dago, surpris et excité par cette soudaine hilarité. Mais tout le monde se calme lorsque Mick explique qu'il a alors entendu une voix inconnue l'appeler par son prénom.

— Quoi ? s'exclame Claude. Mais, qui donc aurait pu savoir que tu étais là ?

Sans se troubler, Mick poursuit :

— C'est bien ce que j'ai pensé ! Mais la voix m'a dit : « Je sais que tu es là, Mick, je t'ai vu entrer. »

— Incroyable, murmure François, le souffle coupé. Et après ?

— Après, on m'a invité à me rapprocher de la fenêtre.

— Tu l'as fait ? demande Annie.

— Oui, mais en me cachant. Alors, j'ai aperçu la silhouette d'un type d'allure assez effrayante. Lui, il ne pouvait pas me voir dans l'obscurité de la grange. Alors, j'ai simplement répondu : « Je suis là... »

— Et qu'est-ce qu'il t'a dit ?

— Des paroles qui n'avaient ni queue ni

tête. Et il les a répétées deux fois. C'était :
« Deux-Chênes. Eaux-Dormantes. Belle-
Berthe. » Et aussi : « Martine est au cou-
rant. » Voilà. C'est tout !

Personne n'ose parler. Puis Claude éclate
de rire.

— Deux-Chênes. Eaux-Dormantes.
Belle-Berthe ! répète-t-elle. Mais c'est n'importe quoi ! Ça ne veut rien dire ! Moi, ça
ne m'aurait pas fait peur...

— Entendre en pleine nuit un inconnu
t'appeler par ton prénom et te transmettre
un message incompréhensible, ça t'aurait
certainement effrayée, rétorque Mick.

Mais il recommence à se dire que toute
cette histoire est bien trop invraisemblable
pour être réelle. Peut-être qu'après tout ce
n'était qu'un mauvais rêve... Quand, brusquement, un détail lui revient en mémoire.
Il se redresse.

— Attendez, dit-il, je me souviens
d'autre chose. L'homme a jeté une boulette
de papier à travers le carreau cassé et je l'ai
ramassée.

— Ah ! ah ! Si tu as toujours ce papier

81

avec toi, c'est bien la preuve que tout ce que tu nous as raconté s'est bel et bien passé..., déclare François.

Mick fouille les poches de son pantalon. Il en sort une feuille de cahier sale et chiffonnée. Quelques mots y sont visibles. Les yeux brillants, il la tend aux autres.

— C'est ça, la pièce à conviction ? demande Claude, se penchant dessus pour l'examiner.

— Je n'y comprends rien, s'écrie François après une étude minutieuse. On dirait que c'est une espèce de plan.

— Le type m'a dit qu'une certaine Martine possédait, elle aussi, un papier comme celui-ci, précise Mick.

— Mais on ne connaît pas de Martine..., murmure Annie.

— Et ensuite, qu'est-ce qui s'est passé ? demande François de plus en plus intéressé.

— L'homme est parti, répond Mick et, plus tard, le fils de la sourde est entré dans la grange. Il s'est assis sur un sac. Il a attendu et attendu. Il grommelait. Ce matin, quand je me suis réveillé, il n'était plus là.

Là encore, j'ai pensé que j'avais rêvé, mais quand je l'ai vu dans la cuisine, je l'ai bien reconnu.

Les enfants se regardent, les sourcils froncés. Puis, brusquement, Annie se met à parler avec volubilité :

— Je crois que j'ai compris pourquoi le fils de la sourde est entré dans la grange. C'était à lui que le premier visiteur voulait transmettre le message et le bout de papier. Et non à Mick. Mais il avait vu une ombre se faufiler dans la nuit et pensait que c'était l'homme qu'il devait rencontrer.

— Mais ça n'explique pas comment il savait mon nom, fait observer son frère.

— Il ne le savait pas ! insiste Annie, de plus en plus excitée. Il ne soupçonnait même pas ton existence ! Tu ne te souviens pas de ce que nous a dit le garçon qu'on a croisé sur la route ? Le fils de la sourde s'appelle Mick, lui aussi ! Mick-qui-pique ! Tout s'explique : l'homme tondu a vu ta silhouette se glisser dans la grange. Il a cru que c'était son complice. Puis il a tapé au carreau, et comme il n'obtenait aucune

83

réponse, il a appelé Mick. Mais, en fait, c'était Mick-qui-pique qu'il cherchait... pas toi ! Quand il t'a entendu, il a pensé que tu étais la bonne personne, et il t'a transmis son message. Puis il est parti. C'est plus tard seulement, que l'autre Mick, celui qui avait vraiment rendez-vous, est arrivé et a attendu. Mais son visiteur était déjà parti, et la commission déjà faite !

Après ce long discours, la fillette s'arrête à bout de souffle et contemple les autres d'un air anxieux.

— Beau raisonnement, Annie, finit par admettre François. Je crois que tu as deviné juste.

Tous observent ensuite un long moment de silence. Ils réfléchissent. Puis, brusquement, Claude questionne :

— Est-ce que tout cela n'aurait pas un rapport avec le prisonnier évadé ?

— C'est possible ! répond Mick. Le chauve était peut-être l'évadé lui-même.

— Il t'a dit qui l'envoyait ?

— Oui. Il a précisé qu'il venait de la part de... Horti..., Hortillard. Non ! Hortillon ! Il me semble que c'était ça, Hortillon. Mais je dormais à moitié et lui ne parlait qu'à voix basse. Je me trompe peut-être.

— Un message de Hortillon..., répète François. Ça veut peut-être dire que cet Hortillon est en prison. Et qu'il a profité de l'évasion d'un de ses codétenus pour faire passer des informations secrètes à un complice : le fameux Mick-qui-pique !

— Oui, c'est possible..., approuve son frère.

— Eh bien, Mick-qui-pique savait comme tout le monde que les cloches de la prison annonçaient l'évasion d'un prisonnier. Il avait dû être prévenu qu'un de ses amis, s'il parvenait à s'enfuir, lui porterait un message, à la nuit tombée, dans sa grange.

— Ça tient debout..., conclut Claude. Tu dois avoir raison.

— Et c'est toi qui as reçu le message de Hortillon ! s'écrie Annie. Quelle coïncidence ! C'est dommage qu'on ne sache pas ce que signifient ses paroles et son papier !

— On devrait peut-être avertir la

police..., suggère François. Ce qu'on a appris pourrait aider les gendarmes à rattraper le prisonnier.

— Oui ! renchérit Annie. Je suis d'accord avec toi... On ne doit pas garder ça secret.

Son frère aîné étudie sa carte pendant quelques instants et lance :

— Regardez, on pourrait se diriger vers ce village qui s'appelle Pontcret. On y sera à temps pour déjeuner.

Tout le monde approuve l'idée de François. La petite troupe se met en route.

chapitre 10

Un gendarme désagréable

Il y a bien une gendarmerie à Pontcret, une toute petite gendarmerie avec un seul brigadier. Celui-ci est à table lorsque les enfants arrivent. Ils frappent à la porte et, ne recevant pas de réponse, s'éloignent déçus. Le gendarme les aperçoit de sa fenêtre et il sort en s'essuyant la bouche. Il a l'air bougon parce qu'il déteste être dérangé quand il déguste son plat de saucisses aux oignons. Responsable de quatre communes, l'homme montre une certaine tendance à se prendre pour quelqu'un d'important.

— Qu'est-ce que vous voulez ? demande-t-il, soupçonneux.

François s'adresse à lui poliment.

— On voudrait vous parler de quelque chose d'important... de grave, peut-être. Ça concerne le prisonnier qui s'est évadé.

— Ah ! ah ! fait le brigadier, ironique. Vous l'avez rencontré, c'est ça ? Vous n'êtes pas les premiers à me dire ça ! À en croire toutes les personnes qui sont persuadées de l'avoir aperçu, ce type était présent ce matin aux quatre coins de la région en même temps. Ce prisonnier aurait donc des dons d'ubiquité ?

— Je vous assure que je l'ai vu cette nuit, l'interrompt Mick avec fermeté. Tout au moins, je pense que ce doit être lui. Il m'a même transmis un message.

— Vraiment ? dit le gendarme de plus en plus sceptique. Il n'aurait que ça à faire ? Plutôt que de quitter le pays au plus vite, il distribuerait des mots d'ordre à des écoliers ? Vous me faites bien rire ! Et peut-on savoir quel était cet intéressant message ?

La phrase que répète le jeune garçon au représentant de la loi a l'air plus stupide que

88

jamais : « Deux-Chênes. Eaux-Dormantes. Belle-Berthe. Martine sait. »

— Tiens ! Tiens ! reprend l'homme, encore plus sarcastique. Martine est au courant ? Eh bien, vous direz à Martine de venir m'apporter un complément d'information. J'aimerais bien la connaître, moi ! C'est une amie à vous, j'imagine !

— Pas du tout, bredouille Mick, ennuyé. On ne sait pas qui c'est. L'inconnu ne m'a rien dit d'autre, mais il m'a aussi donné ce morceau de papier.

Il tend la pièce à conviction au brigadier, qui la regarde avec un sourire ironique.

— Ah ! ah ! il vous a donné ça ! C'est bien gentil à lui ! Et que signifient ces gribouillages ?

— On n'en sait rien, répond Claude. Mais ça pourrait peut-être servir à retrouver le prisonnier évadé, non ?

— Il est déjà capturé, annonce le gendarme avec un sourire de triomphe. Vous qui savez tant de choses, vous ignorez cela ? Il a été repris dans la matinée, et à cette heure-ci il est bien à l'abri dans sa prison.

Alors ne me faites pas perdre de temps avec vos farces d'écolier !

— Mais on ne plaisante pas du tout ! s'irrite Claude. Vous feriez mieux de nous prendre au sérieux !

Cette réflexion ne plaît pas au brigadier. Il se tourne vers la jeune fille, les joues rouges.

— Je n'ai pas de leçons à recevoir de gamins comme vous, fulmine-t-il. Allez, filez, ou je prends vos noms et je fais un rapport !

— Bon, eh bien, puisque nos renseignements ne vous intéressent pas, rendez-nous notre papier ! exige Mick.

Le gendarme fronce les sourcils. Il brandit le document et commence à le déchirer tranquillement. Le jeune garçon s'élance pour l'arrêter, mais il est trop tard : la feuille de papier partagée en quatre morceaux s'envole au vent. Le brigadier lance un coup d'œil sévère aux quatre enfants. Puis il tousse, et s'en retourne à ses oignons et à ses saucisses.

— J'espère que son déjeuner sera froid !

s'écrie Claude, en aidant Mick à ramasser les fragments de papier. Quel ignoble personnage !

— Il faut reconnaître que notre histoire est bizarre, dit François après un silence. Nous-mêmes, on a eu du mal à y croire.

— Ce gendarme nous a tout de même appris une bonne nouvelle, intervient Annie. Le prisonnier évadé est de nouveau sous clé. Je me sens rassurée.

— Moi aussi, renchérit Mick. Je me souviens de son regard... Il était effrayant. Et maintenant, qu'est-ce qu'on va faire ? Oublier tout ce micmac, ou chercher à tirer au clair cette affaire ?

— Je ne sais pas..., répond François. Ça mérite réflexion. Commençons par déjeuner, on verra ensuite.

Ils accostent une jeune fille qui passe par là, et lui demandent s'il y a une auberge ou un restaurant dans le coin. Elle fait oui de la tête et, tendant le doigt, indique une ferme à flanc de coteau, à demi cachée sous un bosquet d'arbres.

— C'est là qu'habite ma grand-mère,

explique-t-elle. Elle a toujours de bonnes choses en réserve dans son réfrigérateur et, en été, elle prépare des repas aux touristes. La saison est finie maintenant, mais je suis sûre qu'elle trouvera quelque chose à vous servir.

François la remercie et toute la bande se dirige vers la maisonnette, au long d'un petit chemin creux et sinueux qui grimpe la colline. Une voix d'homme interpelle les arrivants :

— Attention aux chiens, les enfants ! Qu'est-ce que vous voulez ?

— On nous a dit qu'on pourrait trouver à déjeuner ici.

— Ah ! D'accord. Je vais demander à ma mère, répond l'homme.

D'une voix sonore, il crie :

— M'man ! m'man ! J'ai quatre gosses, ici, qui demandent si tu peux leur donner à manger ?

Une femme aux cheveux blancs, rondelette, aux yeux brillants et aux joues rouges, apparaît sur le seuil. Elle jette un coup d'œil aux petits visages anxieux derrière la barrière et dit :

— Ils ont l'air correct ! Qu'ils entrent, mais qu'ils tiennent leur chien par le collier.

Les Cinq se dirigent vers la ferme, Claude maintenant Dago avec fermeté.

— Entrez, leur dit la vieille dame. Je n'ai pas grand-chose en réserve. Il faudra vous contenter de ce qu'il me reste : du pâté fait maison, quelques tranches de jambon, des œufs durs et de la salade. Je mettrai le tout sur la table et vous vous servirez vous-mêmes. Est-ce que ça ira ?

— On s'en régale d'avance, répond François avec un large sourire.

— Quant au dessert, je n'ai plus de gâteau, mais je pourrais ouvrir un de mes bocaux de compote et vous la servir avec de la crème. Et j'ai aussi du fromage blanc...

— C'est parfait, se réjouit Mick. Ça me donne encore plus faim !

La jeune fille rencontrée au village rentre chez sa grand-mère pendant que les enfants

93

finissent de déjeuner. François engage la conversation. Il a une idée derrière la tête :

— Nous explorons la lande, explique-t-il, et on a déjà découvert des tas de coins ravissants. Mais on aimerait bien trouver un endroit qui s'appelle les Deux-Chênes. Tu sais où ça se trouve ?

La fille secoue la tête.

— Mais grand-mère saura peut-être.

Et elle appelle la vieille femme, qui montre aussitôt son visage bienveillant et coloré dans l'entrebâillement de la porte.

— Les Deux-Chênes ? répète-t-elle. Oui, je connais. C'était autrefois une charmante villa, mais elle est en ruine maintenant. Elle était construite au bord d'un lac étrange, aux eaux noires, au milieu de la lande. Voyons, comment s'appelle ce lieu ?

— Les Eaux-Dormantes ? suggère Mick.

— Oui, c'est ça, les Eaux-Dormantes ! Vous comptez vous y rendre ? Soyez très prudents ! Le terrain est marécageux aux alentours ; on peut y perdre pied au moment où on s'y attend le moins. Vous avez encore faim ?

— Non, merci, répond Annie. C'était exquis !

— On vous doit combien ? demande Claude.

Les enfants règlent l'addition et quittent la ferme.

— En route pour les Eaux-Dormantes et les Deux-Chênes, s'écrie Claude. Cette randonnée va devenir passionnante !

étendue

s je ne

qués,

pour

ine,

e,

chapitre 11

Une bonne idée

Ils descendent la colline et prennent un chemin qui s'enfonce à travers la lande. Dès qu'ils sont hors de vue de toute habitation, ils s'arrêtent et François sort sa carte. Il l'étend au sol et tous, allongés sur le ventre dans la bruyère, cherchent à s'orienter.

— D'après ce que la fermière nous a dit, précise Mick, il faut trouver un lac quelque part, au centre de la lande.

Il promène son doigt ici et là, lorsque Claude repousse sa main, et souligne un mot inscrit en lettres minuscules.

— Ici, regardez ! crie-t-elle, ce n'est pas tout à fait au centre, mais il y a écrit : *Eaux-*

97

Dormantes, et on aperçoit une à
d'eau. C'est sûrement ça, non ? Mai
vois pas les Deux-Chênes.

— Ils ne doivent pas être indi
répond François en soulevant la carte
mieux voir. Mais si ce n'est qu'une ru
ça n'a rien d'étonnant. Ce qui m'étonn
c'est qu'aucun chemin ne semble conduir
aux Eaux-Dormantes.

— On pourrait se renseigner au village,
suggère Annie.

Son avis est adopté à l'unanimité et la
petite bande, regagnant le village, fait irrup-
tion à la Poste, une toute petite annexe. Le
vieil employé, qu'ils trouvent assis derrière
l'unique guichet, écoute leur requête, et leur
jette un regard surpris.

— Les Eaux-Dormantes ? articule-t-il
lentement. Pourquoi voulez-vous y aller ? Il
y a quelques années, c'était un joli but d'excursion, mais à présent, c'est désert, abandonné, et presque sinistre.

— Pourquoi ? questionne Mick.

— Parce que le feu a tout détruit, répond
le vieux monsieur. Le propriétaire s'était

absenté et, quand il est rentré, c'était trop tard. Personne ne sait ni où ni comment l'incendie s'est déclaré, mais ce qui est sûr, c'est que rien n'a pu être sauvé ! Il n'y avait pas de voisins proches. Même les pompiers n'auraient pas pu intervenir à temps : il n'y a pas de route, tout juste un chemin étroit, rempli d'ornières et de boue.

— Et on n'a pas reconstruit ? demande François, surpris.

Le postier secoue la tête.

— Non. Le propriétaire y a renoncé. Ça n'en valait pas la peine. Les corneilles et les hiboux doivent maintenant avoir pris possession des lieux, et les bêtes sauvages s'y abriter la nuit. C'est un étrange décor. J'y suis retourné une fois, mais il n'y avait plus rien à voir que les fondations et quelques murs en ruine se reflétant dans l'eau sombre du lac. Plus que les Eaux-Dormantes, on devrait les appeler les Eaux-Mortes !

— Vous sauriez nous indiquer le chemin ? intervient Claude.

— Ça ne vaut pas le déplacement, je vous assure.

— On ne compte pas y rester, s'empresse de préciser Mick. C'est juste que ce nom nous plaît. Les Eaux-Dormantes... c'est assez poétique ! On ne voudrait pas quitter la région sans les avoir vues. Par où avez-vous dit qu'il fallait passer ?

— Vous avez une carte ?

François tend la sienne. Le vieil homme prend un crayon et trace un trait à travers l'espace désertique de la lande. Puis, çà et là, il dessine quelques croix.

— Vous voyez ces marques ? demande-t-il. Elles indiquent les marécages. Ne vous y aventurez jamais ou vous auriez vite de l'eau plus haut que les genoux. Suivez les chemins que j'ai soulignés et tout ira bien.

— Merci beaucoup, dit François, repliant sa carte. Vous pensez qu'il faut compter combien de temps de marche ?

— Environ deux heures et peut-être plus. N'essayez pas d'y aller cet après-midi, il est trop tard. La nuit vous surprendrait sur le chemin du retour et si vous perdez de vue

100

le sentier vous risquez de vous embourber dans les marais.

— C'est juste, répond Mick. Merci de l'avertissement.

— Bonne promenade ! lance le postier, amusé par tant d'enthousiasme.

Au moment de partir, François s'arrête et paraît réfléchir. Il revient brusquement sur ses pas.

— Est-ce que vous connaîtriez quelqu'un qui pourrait nous prêter une tente, et peut-être aussi des couvertures ? demande-t-il.

— Une tente ? Vous avez l'intention de camper ?

— Il fait si beau ! explique le jeune garçon. Et c'est tellement plus amusant que l'hôtel !

Mick, Claude et Annie se tournent vers François et le dévisagent avec ahurissement. Camper ? Où ? Et pourquoi ? François leur adresse un clin d'œil, tandis que le vieux postier, qui n'a rien remarqué, répond en souriant :

— Ah ! Les jeunes ! Tous les mêmes !

101

Attendez ! J'ai peut-être ici quelque chose qui pourrait vous servir.

Il se lève et furète dans un placard. Puis il en extirpe deux grandes toiles huilées.

— Vous pourrez en utiliser une comme tapis de sol, dit-il. Et vous faire un toit de l'autre en l'accrochant aux branches ! Maintenant, je vais chercher des couvertures.

Après que le vieil homme s'est engouffré dans un couloir derrière le guichet, Mick se tourne vers son frère.

— À quoi nous servira tout ce matériel ? Tu as vraiment l'intention de coucher dehors ?

Mais le postier revient avant que François ait eu le temps de répondre. Il a les bras chargés de couvertures que les enfants roulent aussitôt avec les toiles imperméables et accrochent à leurs sacs.

— Vous êtes bien courageux de camper en cette saison ! s'exclame le guichetier. Soyez prudents, surtout !

— Oui, on fera attention, le rassure François.

Lorsque les enfants se sont suffisamment

éloignés du bureau de poste, François daigne enfin répondre aux interrogations de sa bande. Il s'arrête et explique :

— Eh bien, voilà. En écoutant le postier, je me suis dit qu'il fallait absolument qu'on aille vérifier ce que sont vraiment ces fameuses Eaux-Dormantes. Comme on n'a pas beaucoup de temps devant nous, je pense qu'il vaut mieux passer la nuit là-bas, plutôt que d'attendre jusqu'à demain pour nous y rendre.

— Aller camper aux Eaux-Dormantes ! s'exclame Claude.

— Oui... Je suis persuadé que les Deux-Chênes cachent quelque chose.

Avant de quitter le village, ils achètent du pain, du beurre, des blancs de poulet rôti, un énorme cake, du chocolat et des biscuits. Annie insiste aussi pour qu'ils prennent une bouteille de sirop de cassis.

— On trouvera sûrement une source ou un puits sur place, dit-elle. Ça donnera meilleur goût à l'eau.

Lourdement chargés, ils marchent moins vite que d'habitude, sauf Dagobert qui gam-

103

bade de gauche à droite, agile et rapide comme s'il n'avait jamais eu de patte blessée. La petite troupe suit prudemment les chemins tracés par le vieux guichetier.

— Il a dû être facteur autrefois et porter souvent des lettres aux Deux-Chênes, affirme Mick. Sinon il ne connaîtrait pas si bien la route.

— D'après la carte, déclare François, on doit traverser un petit bois avant d'arriver au lac.

Quelques minutes plus tard, ils approchent de l'orée de la forêt. Soudain, Annie s'écrie :

— Ce n'est pas un lac qu'on voit là-bas ?

Tous s'arrêtent et scrutent l'horizon. La nappe d'eau qu'ils aperçoivent au-delà des arbres est d'un bleu sombre, presque noir. Les Eaux-Dormantes ! Les randonneurs repartent d'un pas plus rapide. Dagobert court en tête, sa longue queue se balançant dans l'air. Un petit chemin en lacet les conduit à un sentier abandonné, envahi par les mauvaises herbes.

— Le sentier des Deux-Chênes, murmure

François, identifiant cette piste à la description qu'en a faite le postier.

Le chemin les mène hors du petit bois, et, tout à coup, ils se trouvent face à face avec une villa en ruine : les Deux-Chênes. À mesure que les enfants progressent en direction de la maison, les oiseaux s'envolent sur leur passage en poussant des cris aigus.

— Je n'aime pas ce lac, déclare Annie en frissonnant. Pourquoi est-on venus ici ?

chapitre 12

Un abri aux Deux-Chênes

Tous partagent le sentiment d'Annie. L'endroit n'est vraiment pas accueillant. Ils l'examinent avec une certaine appréhension lorsque Claude indique silencieusement de son doigt tendu les deux extrémités de la maison. À chacune se dresse le tronc calciné d'un arbre énorme.

— Des chênes, chuchote-t-elle. Ils ont donné leur nom à la villa. On dirait des squelettes tordus. Tout est mort et sinistre ici.

Ils parcourent les ruines. Vers le centre, on distingue nettement les contours de ce qui devait être une chambre. Les murs en sont à moitié détruits.

107

— Ça pourra toujours nous servir d'abri, affirme Mick. Ces restes de cloisons nous protégeront du vent.

Annie s'approche.

— C'est horrible, grimace-t-elle, et ça sent le moisi ! Je ne pourrai jamais dormir là-dedans.

— Trouve-nous autre chose si tu veux, concède son frère. Moi, je vais aller cueillir de la fougère pour me faire un matelas. François, Claude, vous venez avec moi ?

Ils s'éloignent tous les trois et reviennent peu après, portant d'énormes brassées d'herbes rousses et sèches. Annie les attend, très excitée.

— J'ai trouvé quelque chose, dit-elle. C'est mille fois mieux que cette horrible chambre. Venez voir !

La fillette les entraîne dans ce qui avait dû être la cuisine. À une extrémité de la pièce, une porte vermoulue abattue au sol découvre l'entrée d'un escalier souterrain.

— Ça doit conduire aux caves !

— Allons voir ! décide Claude.

Elle allume sa lampe torche et dirige le

faisceau en direction de l'escalier. Celui-ci paraît en bon état. Elle s'y engage, faisant signe aux autres de l'attendre, mais Dagobert la devance et dévale les marches le premier. Puis on entend une exclamation de joyeuse surprise.

— C'est une très belle pièce, crie la voix de la jeune fille. On dirait presque un salon. Il y a même des fauteuils et une table. Et au-delà il y a d'autres caves plus petites. Descendez ! Il faut qu'on s'installe ici !

Ses compagnons la rejoignent aussitôt au bas de l'escalier.

— Regardez ! Il y a encore des bougies sur cette étagère, se réjouit Mick. On pourra les allumer et faire un dîner aux chandelles ! On sera très bien ici. Beaucoup mieux que dans cette chambre à demi brûlée. Annie avait raison !

Les fauteuils noircis cèdent lorsque les enfants tentent de s'y asseoir, mais la table résiste au traitement brutal que Claude lui fait subir pour la débarrasser de son épais revêtement de poussière. Les enfants déballent leurs provisions, puis ils recommencent à inspecter les lieux. François découvre un placard dissimulé dans une boiserie.

— Encore des bougies ! déclare-t-il. Tant mieux ! Et puis des tasses et des assiettes ! Si on trouve un puits, on pourra les laver et s'en servir pour notre repas.

Annie se souvient d'avoir remarqué, près de l'évier de la cuisine, quelque chose qui ressemble à une pompe.

— Va voir, François ! Elle fonctionne peut-être encore !

Le jeune garçon remonte à la surface, une bougie allumée à la main. Sa sœur ne s'est pas trompée. Il actionne le levier avec force et, brusquement, l'eau commence à gicler. François poursuit la manœuvre. Au départ, l'eau qui remonte lui paraît croupie et fétide, ce qui n'a rien de surprenant après sa longue stagnation dans les tuyaux rouillés. Mais le garçon ne se décourage pas. Poursuivant la manœuvre, il pompe et pompe. Enfin, prenant une des tasses découvertes dans le placard, il la rince et goûte l'eau. Elle est froide

110

comme de la glace, et sans arrière-goût désagréable.

— Bravo, Annie ! crie-t-il en descendant. Grâce à toi, on ne mourra pas de soif.

Le petit salon offre à présent un aspect accueillant et presque pimpant. Claude et Annie ont allumé une bonne douzaine de bougies et les ont disposées un peu partout, jusque dans les coins les plus sombres. Elles dégagent une lumière chaleureuse, et font paraître extrêmement appétissantes les provisions joliment étalées sur des mouchoirs blancs couvrant la table.

Mick distribue les morceaux de poulet rôti, que les enfants mangent assis sur leurs lits de branchages. Les toiles huilées étalées dessous en guise de tapis de sol les protègent de l'humidité. Tout en avalant leur dîner, les quatre discutent de leurs projets.

— Qu'est-ce qu'on cherche au juste ? demande Annie. Vous croyez vraiment que ces ruines cachent un secret ?

— Je crois même savoir lequel ! affirme Mick.

— Ah oui ? s'exclament Claude et

111

Annie, mais François, avec un petit sourire mystérieux, se tait, car il croit avoir deviné, lui aussi.

— On sait qu'un prisonnier, nommé Hortillon, a fait parvenir un message à deux personnes : l'une est Mick-qui-pique, qui ne l'a pas eu ; l'autre est Martine, qui l'a reçu. La question est de savoir maintenant ce qu'il avait à leur dire. À tous les coups, ça devait porter sur un vol, ou quelque chose de ce goût-là. Hortillon a dû chercher à indiquer où trouver quelque chose, ou quelqu'un. Peut-être un butin caché. Comme il ne peut pas communiquer avec l'extérieur depuis la prison...

— ... il profite de l'évasion d'un autre détenu pour confier à ce dernier un message qui révèle, dans un langage crypté, l'emplacement de la cachette ! l'interrompt François, les yeux brillants. Cet homme aux cheveux rasés que tu as vu derrière les carreaux de la grange, c'était bien le prisonnier échappé !

— Martine et le fils de Mme Tagard sont donc bien les complices de Hortillon !

s'écrie Claude. Mais Mick-qui-pique n'a pas eu les informations qu'il pensait recevoir dans la grange. Ce qui signifie que seule Martine pourra se lancer à la recherche du trésor !

— Alors, il faut qu'on le découvre avant elle ! s'écrie François. On est arrivés les premiers sur les lieux, c'est déjà beaucoup. Demain, aussitôt que possible, on se mettra en chasse ! Quelle était la suite de la phrase, après « Deux-Chênes et Eaux-Dormantes » ?

— « La Belle-Berthe », répond Mick.

— Qu'est-ce que ça peut bien désigner ? demande Annie. Ça n'a pas l'air d'un nom de lieu. Un troisième personnage dans le secret ?

— Moi, ça me rappelle le dernier roman que j'ai lu : il y était question d'un bateau baptisé *La Belle-Marthe*, marmonne Mick.

— C'est vrai que ça pourrait être un bon nom de bateau, renchérit Claude. Et puis, on peut cacher plein de choses dans une cale...

— Un peu facile..., poursuit son cousin.

113

Je te rappelle qu'on n'a pas affaire à des amateurs ! À mon avis, *La Belle-Berthe* est un indice, mais rien de plus ! Il ne faut pas oublier, non plus, le papier qui accompagnait le message oral. Il doit avoir un sens, lui aussi ! Il faut absolument qu'on comprenne ce qu'il indique...

— Mais souviens-toi, cet idiot de gendarme l'a déchiré ! s'écrie sa sœur.

— Oui, mais je vous rappelle que j'ai pris soin de ramasser les morceaux ! reprend Mick, fouillant dans sa poche. Il nous faut juste quelques bouts de Scotch pour les recoller. Est-ce que l'un de vous aurait pensé à en emporter ?

Heureusement Annie a laissé sa trousse de collégienne au fond de son sac : elle y conserve un rouleau de bande adhésive. Elle en découpe quelques petites bandes qu'elle colle derrière le papier déchiré. En quelques instants les quatre morceaux n'en font plus qu'un seul.

— Je n'y comprends rien, dit François. Quatre traits se rencontrent au centre. On distingue bien un mot à l'extrémité de cha-

114

cun des traits, mais la trace du crayon s'est presque effacée. Là, j'ai l'impression qu'il est écrit « bol » ? Mais avant ? « Ti », « té » ? Je ne vois pas. Et ici ? « cloche » ? « clocher » ? Oui, clocher !

On rapproche les bougies et, l'un après l'autre, les enfants tournent et retournent entre leurs doigts le fameux papier. Enfin, Annie parvient à lire le troisième mot : *cheminée,* et Claude le quatrième : *Haute-Pierre.*

— Qu'est-ce que ça veut dire ? s'exclame-t-elle dépitée. Ça n'a aucun sens ! On ne trouvera jamais rien avec de pareils indices !

Après de longues minutes passées à scruter la feuille, les enfants décident d'aller se coucher, certains qu'ils y verront plus clair après une bonne nuit de sommeil.

chapitre 13

Une nuit dans une cave !

La feuille de papier est soigneusement pliée et Annie se charge de la conserver. Mais au moment de se glisser sous leurs couvertures, les quatre enfants se rendent compte qu'ils sont trop excités pour dormir.

— Même si je n'ai pas la moindre idée de ce que signifie ce gribouillage, je suis sûre qu'il est de la plus haute importance, fait observer Claude. Tout ce qu'il nous faut, c'est un début d'indice qui nous mette sur la piste... et alors tout deviendra clair.

— Je l'espère, murmure Annie.

— Et n'oublions pas que cette mystérieuse Martine possède les mêmes informa-

117

tions que nous, ajoute Mick. Seulement, elle sait probablement à quoi elles se rapportent !

— Mais j'y pense, s'exclame Claude, en se redressant soudain. Si on ne s'est pas trompés dans nos déductions, elle viendra ici, elle aussi ! Il va falloir se méfier.

— Et qu'est-ce qu'on fera si on la voit ? demande sa jeune cousine, assez effrayée à cette idée. Il faudra bien se cacher, non ?

François réfléchit un moment et répond :

— On ne se cachera pas ! Cette femme ne peut pas savoir qu'on a intercepté le message et le papier de Hortillon. Faisons comme si de rien n'était : on dira qu'on a découvert cette maison en ruine au cours d'une balade, et qu'on a décidé de s'y installer.

— D'accord, mais il faudra qu'on l'ait à l'œil si elle vient, et qu'on surveille chacun de ses mouvements, ajoute Mick.

— Rien ne dit qu'elle viendra seule, fait remarquer Claude. Peut-être même qu'elle amènera Mick Tagard. De toute évidence, ils sont complices...

118

— Oui, mais je te rappelle que Mick-qui-pique n'a reçu aucun message, intervient François.

— Tout ça est compliqué ! conclut Annie en étouffant un bâillement. Moi, je commence à fatiguer...

— J'ai aussi sommeil que toi, renchérit Mick en se frottant les yeux. Je crois que je vais me coucher. Je pense qu'on dormira bien : ce salon souterrain est vraiment confortable.

— Moi je n'aime pas cette porte ouvrant sur ces petites caves, répond la fillette. Qui nous dit que Martine et ses amis ne s'y cachent pas ? Ils attendent peut-être qu'on s'endorme pour nous sauter dessus ?

— Tu es bête ! riposte Claude. Vraiment bête ! Dagobert ne se tiendrait pas aussi tranquille si des gens se cachaient tout près de nous !

Ces paroles réconfortent Annie, qui se pelotonne dans son lit improvisé. Elle se sent mille fois plus rassurée que la nuit pré-

119

cédente, seule dans son horrible petite mansarde. Elle s'endort sans crainte.

Ses frères et sa cousine ne tardent pas à l'imiter, bien au chaud sous leurs couvertures et leurs vêtements, qu'ils n'ont pas quittés. Ils ont laissé une bougie allumée : elle brûle paisiblement sur la table. Sa lueur vacillante promène un rond lumineux au plafond. Dagobert s'allonge, comme toujours, contre les jambes de Claude et le silence emplit la pièce.

Les quatre cousins dorment comme des loirs. Aucun d'eux ne remue. Seul Dago se lève une ou deux fois. Il a entendu du bruit dans les caves. Il s'arrête devant la porte y conduisant, la tête penchée de côté, les oreilles droites. Puis il retourne se coucher, satisfait. Ce n'est qu'un crapaud. Dago l'a reconnu à l'odeur.

François est le premier debout. Les bruyères et les fougères se sont tassées sous son poids et le matelas lui paraît tout à coup très dur. Il se retourne pour trouver une position plus confortable, et ce mouvement l'éveille. Pendant un instant, il se demande où il est. Puis la mémoire lui revient et il se redresse. Mick ouvre un œil et bâille. Son frère le tire par la manche.

— Il est huit heures et demie, lui dit-il, après avoir regardé sa montre. On a dormi bien trop longtemps !

Ils quittent leurs lits improvisés et Dago vient joyeusement les saluer en leur balayant les jambes de sa queue. Cette agitation arrache les filles à leur sommeil. Claude et Annie vont se laver à la pompe et l'eau froide dissipe la brume de leurs esprits encore un peu endormis. Dago a droit à un grand bol d'eau claire et les garçons se tâtent pour savoir s'ils auront le courage de prendre un bain dans le lac. Ils se sentent très sales, mais le seul aspect de cette eau sombre et sans mouvement les fait frissonner.

— Ce sera froid, fait Mick en se grattant la nuque, mais je crois que ça nous fera du bien ! Viens, François !

Ils s'élancent d'un même bond jusqu'aux rives et plongent. L'eau est glaciale. Ils n'y

restent qu'un instant, nageant vigoureuse-
ment puis retournent à la villa dévastée, ges-
ticulant et criant, la peau rougie de froid.

Quand ils entrent dans le salon souterrain,
les filles ont préparé le petit déjeuner. Tout
le monde se régale de pain, de beurre, et
de chocolat.

— Bon, dit enfin Mick. Il faut qu'on élu-
cide rapidement le mystère de la *Belle-
Berthe*. Puisqu'on n'a aucun indice, je
propose qu'on creuse l'idée qu'il puisse
s'agir d'un bateau. Il doit bien y avoir un
hangar quelque part, puisqu'on est tout près
d'un lac.

— Est-ce qu'on va encore passer une nuit
ici ? demande Annie.

— Moi, ça me paraît nécessaire, répond
François. On a du pain sur la planche.

— Et il est hors de question de repartir
bredouilles ! ajoute Claude, d'un ton résolu.

Dagobert est le premier à s'élancer
au-dehors. Les enfants l'imitent, et parcourent un sentier bordé de chaque côté par
un petit mur de pierre. Maintenant, les
ruines croulantes se recouvrent d'un man-

teau de mousse. Le chemin disparaît sous les touffes d'ajoncs et de bruyères. Puis le lac apparaît, toujours sombre et immobile. Les enfants s'en approchent : sur leur passage, quelques poules d'eau s'envolent en piaillant. Claude inspecte les lieux d'un regard perçant.

— Je ne vois pas l'ombre d'un abri à bateaux..., commente-t-elle.

chapitre 14

Où est la **Belle-Berthe ?**

Les randonneurs s'efforcent de suivre la berge du lac, mais un fouillis d'arbres et de buissons forme de multiples obstacles qui rendent la progression difficile. Enfin Claude pousse un cri de joie.

— Regardez ! s'exclame-t-elle. Il y a une espèce de rivière qui sort du lac, ou plutôt une sorte de chenal. Et on dirait qu'il y a un local en tôle un peu plus loin...

C'est en effet sur ce chenal qu'a été construit un modeste hangar pour remiser les bateaux. Quelques instants plus tard les enfants découvrent une vieille baraque faite d'un revêtement métallique, surplombant le petit canal et si bien enfouie sous la mousse et le lierre qu'elle est presque invisible.

— Voilà ce qu'on cherchait ! s'écrie François radieux. En avant pour la *Belle-Berthe* !

À travers branches et ronces, ils se frayent un chemin jusqu'au bâtiment. L'entrée se trouve sur la façade principale, celle qui domine l'eau. On y accède par quelques marches. Mais cet escalier de bois, sur lequel ne subsistent que de rares traces de peinture blanche, est presque en ruine.

— Hum ! fait Mick en secouant la tête. Il va falloir être prudent !

— Laissez-moi passer en premier ! ordonne Claude en bousculant ses cousins.

Elle essaie de gravir les marches branlantes, mais le bois pourri craque et s'effondre sous son poids chaque fois qu'elle y pose le pied.

— Rien à faire ! dit-elle. Il faut chercher une autre entrée !

Les enfants inspectent les trois autres faces du bâtiment. Celles-ci ne montrent ni porte ni brèche. Soudain, Annie s'arrête